LE VISITEUR DE MINUIT

Une première version de ce texte a été publiée en mars 1988 dans la revue *J'aime lire* n° 134, illustrée par Peters Day, puis en 1993 chez Bayard Poche.

Loi n° 49-956 du 16 juillet 1949 sur les publications destinées à la jeunesse
Dépôt légal : second semestre 2018 — N° d'édition : 22820 — ISBN-13 : 978-2-226-40145-8
Imprimé en Italie par la L. E. G. O.

MARIE-AUDE MURAIL

LE VISITEUR DE MINUIT

CHRISTEL ESPIÉ

Albin Michel Jeunesse

Chapitre 1

À Londres, à la fin de l'an 1854, derrière de hauts murs de briques, vivait un homme puissant et riche qui s'appelait Jason Anderson.

Jason possédait tant de bateaux sur les océans qu'il ne prenait même plus la peine de les compter. Mais toute sa richesse ne suffisait pas à le rendre heureux. Sa femme était morte en lui laissant une fille unique de neuf ans, Beatrix, et celle-ci était en très mauvaise santé.

Le médecin avait promis que, si la petite fille dépassait son dixième anniversaire, elle survivrait. Malheureusement, ce dixième anniversaire ne surviendrait qu'au printemps et, au dernier étage de la triste maison de briques, la petite Beatrix s'affaiblissait d'heure en heure.

Ce jour de l'hiver 1854, Jason rêvait à la fenêtre de son bureau et, tout en rêvant, il regardait dans son jardin un pauvre homme tout courbé qui repoussait la neige avec une pelle. « C'est le vieux MacNeil », songea-t-il, et une cruelle pensée lui mordit le cœur. Il avait entendu dire que son jardinier avait eu beaucoup d'enfants. « Treize, peut-être quatorze. Ou même était-ce quinze ? »

– Treize, quatorze ou quinze ? dit Jason à voix haute, et il posait des yeux pleins de jalousie sur le pauvre vieux MacNeil.

N'y tenant plus, il tira sur le cordon de la sonnette pour appeler son domestique.

– Allez me chercher mon jardinier, ordonna-t-il.

Le laquais revint, poussant devant lui le vieil homme qui tortillait sa casquette.

– Bonjour, mon brave, dit Jason en prenant un air aimable. Comment va la santé ?

– Ça va bien, monsieur, on peut dire que ça va, répondit MacNeil, avec un sourire qui allait d'une oreille jusqu'à l'autre.

– Alors, tant mieux, bougonna Jason. Et vos enfants ? C'est bien treize enfants que vous avez eus ?

– Quinze, monsieur. Dieu les bénisse !

– Quinze ?! s'écria Jason, furieux. Mais beaucoup sont morts, n'est-ce pas ? Avec la misère, la maladie…

– Non, monsieur. Ils sont tous en vie. On est solides chez les MacNeil.

– Quinze enfants, et tous en vie, marmonna Jason.

La jalousie le faisait grincer des dents. Mais le vieux MacNeil ne s'en apercevait pas.

– Vous vivez seul depuis que votre femme est morte ? demanda Jason.

– Non, monsieur. J'ai le petit gars Fergus avec moi. C'est mon dernier.

– Quel âge a-t-il ?

– Neuf ans, monsieur.

Neuf ans ! L'âge de Beatrix. Jason, plein d'espoir, murmura :

– Votre Fergus est en mauvaise santé, je crois ?

Le sourire du vieux MacNeil se transforma en un éclat de rire ravi.

– Fergus, en mauvaise santé ! Ha, ha, ha, non, monsieur ! Dieu vous bénisse ! Fergus est plus solide que la Tour de Londres !

– Allez-vous-en ! hurla Jason. Heu… c'est-à-dire, c'est bien, mon brave homme, à une autre fois !

Le vieux MacNeil quitta la maison de son patron en riant encore de plaisir. Fergus, en mauvaise santé, ha, ha, ha, la bonne blague !

Chapitre 2

Après le départ de son jardinier, monsieur Anderson se mit à faire les cent pas dans son bureau, en serrant ses mains avec rage. Il marmonnait :

– Cet imbécile ! Il ose avoir quinze enfants et il ne sait seulement ni lire ni écrire ! Oh ! Le diable emporte son Fergus, oui, le diable l'emporte !

On ne fait pas appel au diable en vain. Jason allait bientôt l'apprendre.

Ce soir d'hiver 1854, Jason envoya son domestique prendre des nouvelles de Beatrix. Il n'avait plus le courage de monter tout en haut de la maison de briques. La vue de sa petite fille malade lui faisait trop de mal. Le domestique revint lui dire :

– Miss Beatrix a toujours de la fièvre, monsieur.

Alors, Jason laissa retomber ses mains vers le sol. C'était trop injuste ! Il avait de l'or, de l'argent, des cales pleines de trésors. Il avait tout, et il était plus malheureux que le vieux MacNeil.

– Le diable emporte son Fergus ! répéta Jason en s'allongeant pour la nuit.

Quelques instants plus tard, monsieur Anderson entendit frapper à sa porte. Qui pouvait le visiter à une heure pareille ? La porte s'ouvrit lentement, et un homme qu'il n'avait jamais vu s'avança vers lui. Il était drapé dans une cape noire dont la capuche dissimulait à demi son visage écarlate.

– Que me voulez-vous ? Qui êtes-vous ? s'écria Jason.

Le visiteur découvrit des dents pointues dans un méchant sourire.

– Tu es bizarre : tu viens de m'appeler et tu demandes qui je suis !

Jason articula « Le diable », mais aucun son ne sortit de ses lèvres.

– Pour te servir, répondit le diable. Je t'ai écouté aujourd'hui quand tu parlais avec le vieux MacNeil et j'ai eu une idée.

– Quelle idée ?

– Une idée diabolique, bien sûr ! Tu veux garder ta fille en vie ?

– Oui.

– Tu es prêt à tout pour cela ?

Jason n'hésita qu'une seconde et dit encore :

– Oui.

Le diable se pencha vers Jason et lui souffla son haleine brûlante au visage.

– Tu vas faire venir le petit Fergus sous ton toit. Tu lui diras de distraire ta fille. Les jours passeront, et la santé de Fergus ira dans le corps de Beatrix. Au printemps, l'un des deux enfants mourra. Devine lequel, Jason. Devine lequel !

Le diable éclata d'un rire abominable, et c'est alors que monsieur Anderson s'éveilla en sursaut. Il passa la main sur son front et murmura :

– Quel affreux cauchemar !

Mais tout cela n'était-il qu'un rêve ? Et si l'idée du diable était une bonne idée ?

« Je ferai venir ce Fergus », songea Jason en se rendormant.

Chapitre 3

Le gars Fergus était loin de se douter qu'il occupait les pensées du puissant monsieur Anderson. Fergus était un joyeux garnement avec une tignasse rousse, des yeux clairs et les joues toujours sales. Si son père avait fait ce que lui conseillaient les voisins, il aurait vendu son fils à un ramoneur. Mais le vieux MacNeil aimait son fils, il avait décidé qu'il serait un savant et qu'il serait le premier de la famille à pouvoir écrire son nom.

– Et il l'écrira en entier, ajoutait le brave jardinier, « Fergus Edmund MacNeil » !

Pour pouvoir un jour écrire son nom en entier, Fergus allait chaque matin à l'école des demoiselles Poddle. À force de recevoir des coups de règle sur la tête, il avait déjà appris que « la phabet comprend tout un tas de qu'on sonne et quelques petites voix d'aile ».

Ce soir-là, comme l'allumeur de réverbères commençait sa tournée, Fergus se dépêchait de rentrer chez lui, en soufflant sur ses mains gelées. Il habitait au passage de la Poêle-à-Frire, dans une maison tout à fait confortable puisqu'elle avait une porte et même des fenêtres ! Les carreaux avaient été remplacés par du papier huilé, ce qui protégeait tout aussi bien des courants d'air.

Quand la nuit venait, Fergus et son père, enveloppés dans des couvertures, se faisaient griller devant la cheminée. Le jardinier glissait alors sous la cendre quelques châtaignes qui claquaient joyeusement.

Mais ce soir-là, le vieux MacNeil avait oublié les châtaignes, et il oubliait même de remettre du bois sur le feu.

– Brrr, quel froid ! s'exclama Fergus en entrant. Dis donc, vieux MacNeil, mets-nous une autre bûche !

Fergus avait toujours entendu les gens appeler son père « vieux MacNeil » et, dès qu'il avait su parler, il en avait fait autant.

– Qu'est-ce que tu as, vieux MacNeil ? demanda soudain Fergus.

– Je pense au patron, répondit le jardinier.

– Il n'en vaut pas la peine.

– Ne dis pas cela, mon gars ! le reprit le vieux MacNeil. C'est un homme très bon et qui s'intéresse à toi.

– À moi ?

– Oui, Fergus. Monsieur Anderson veut que tu habites chez lui et que tu tiennes compagnie à sa fille, Beatrix. Tu as beaucoup de chance, mon gars.

Le vieux MacNeil essaya de faire son grand sourire d'une oreille jusqu'à l'autre, mais il n'y arriva pas.

C'est donc à cause du diable qu'un matin, alors que la neige recouvrait Londres, Fergus rendit visite à miss Beatrix.

– Bonjour, Fergus, fit la petite voix d'une très belle petite fille.

– Ça alors ! s'exclama Fergus. C'est au moins un ange dans le ciel.

– Non, Fergus, dit Beatrix, je suis seulement malade et je reste couchée toute la journée.

– Ça alors ! répéta Fergus. C'est pas de chance, miss. C'est si drôle de courir dans les rues en ce moment !

– Et pourquoi ? demanda Beatrix, les yeux brillants de curiosité.

– C'est la neige, miss. On se bat, on roule, on glisse !

– Mais on a sûrement très froid, dit Beatrix en frissonnant. Moi, je n'ai même pas le droit de respirer l'air près des fenêtres.

Fergus regarda la fillette qui disparaissait sous les châles et les couvertures. Il soupira :

– Qu'est-ce que je vais m'ennuyer, ici !

– Mais non. On va jouer avec mon arche de Noé.

Sur les ordres de Beatrix, Fergus posa le bateau sur une table près du divan. Puis il en sortit un veau qui avait l'air d'un chien, un chien qui faisait penser à un cheval, une oie qui était aussi grosse que le veau, et toutes sortes d'animaux qu'il trouva extraordinairement ressemblants.

Un peu plus tard, Fergus posa aussi sur la table la maison de poupées. Puis ce fut le tour des soldats, des toupies, des boîtes à musique, du diable à ressort, des lanternes magiques, du tambour et du cheval à bascule.

– Qu'est-ce que je m'ennuie, soupira Fergus.

Beatrix, elle, s'était bien amusée à regarder le garçon. Elle n'avait jamais eu d'ami et elle ne savait pas jouer.

– Veux-tu que je t'apprenne à écrire ? proposa-t-elle à Fergus. Je serais une maîtresse d'école et toi, tu serais l'élève.

– Que c'est ennuyeux ! gémit Fergus.

Mais il accepta et le soir même, il savait écrire son nom en entier.

Le lendemain matin, Fergus ouvrit en cachette la fenêtre de sa chambre et prit de la neige à deux mains. D'abord, il en mangea un peu, puis il eut une meilleure idée : il allait lancer une boule de neige sur Beatrix. Ça, c'était drôle ! Mais quand il aperçut la petite fille malade, toute pâle et tremblante de fièvre sur le divan, il ne sut plus que faire de cette maudite boule de neige.

– Eh, miss, regardez ! cria-t-il, et d'un geste décidé, il écrasa toute la neige sur son nez.

Beatrix éclata de rire, et c'est ainsi que commença la journée. Elle parut longue à Fergus, mais bien courte à Beatrix.

– Veux-tu que je t'apprenne à faire des problèmes ? lui demanda-t-elle. C'est si amusant d'être la maîtresse !

Fergus pensa : « Oh, là, là, quel ennui ! »

Mais cette fois-ci, il accepta sans se plaindre à haute voix.

– Écoute bien, Fergus. Si je te donne vingt pommes et que tu en manges douze, quel est le résultat de l'opération ?

– Une bonne indigestion, miss.

Beatrix n'avait jamais tant ri de sa vie. Une jolie couleur rosée venait parfois animer ses joues. Et Fergus s'aperçut qu'il en était content.

Monsieur Anderson avait donné l'ordre de garder Fergus tout en haut de la maison de briques jusqu'au printemps. Pas plus que Beatrix, Fergus n'avait le droit de sortir. Parfois, en regardant par la fenêtre, il apercevait MacNeil dans le jardin. Le vieil homme lui faisait un signe de la main et Fergus devinait que son père lui disait :

– Dieu te bénisse, Fergus, mon gars.

Mais le pauvre jardinier voyait que son Fergus était triste et pâle. Beatrix, elle, se portait mieux, car elle était heureuse d'avoir un ami.

« Mais elle ne sera pas guérie au printemps, songeait monsieur Anderson, et ce Fergus ne tombe toujours pas malade ! Le médecin a dit qu'il ne souffrait que d'un peu d'anémie. »

Jason finissait par penser que l'idée du diable n'avait été qu'un rêve stupide.

Un soir, Fergus décida de désobéir à monsieur Anderson et descendit en cachette les escaliers. Oh, quel plaisir de retrouver la rue, l'air qui pince le nez et les rafales de vent qui font trembler la flamme des réverbères !

Fergus se sauva en courant.

Or, ce soir-là, Jason avait aussi décidé de sortir. Comme il pensait à sa fille, il avait la tête pleine de soucis et ne prenait pas garde à ce qui se passait autour de lui. C'est ainsi qu'il ne vit pas foncer sur lui un léger fiacre qu'emportait un cheval noir comme la nuit.

– Monsieur, attention ! s'écria un enfant.

Jason sursauta et fit un bond en arrière. Mais déjà l'enfant s'était lancé à la tête du cheval pour le détourner de son chemin. Jason vit que le malheureux était projeté contre une maison.

Des gens s'assemblèrent aussitôt, les uns pour soutenir Jason, les autres pour relever l'enfant.

– Là ! cria une femme. Il y a un chirurgien !

Dans la nuit, on apercevait en effet l'enseigne rouge du médecin. On transporta chez lui l'enfant inanimé.

– Il y a peu d'espoir de le sauver, dit le chirurgien.

Alors, un homme fendit la foule des curieux et s'approcha du lit où reposait le petit. C'était le vieux MacNeil. Il s'écria :

– Fergus, mon gars !

Cette nuit-là de l'an 1854, un homme ne dormit pas. Comme un fou, il répétait :

– L'idée du diable, c'était l'idée du diable ! Moi, je ne voulais pas…

Quelques jours passèrent. Monsieur Anderson, prétendant avoir pris froid, ne sortait plus de chez lui. Mais il ne supportait pas de voir par la fenêtre le vieux MacNeil qui traînait ses pas au jardin.

Il décida de voyager à Paris, à Édimbourg, à Glasgow, pour régler ses affaires et gagner de l'argent.

De temps en temps, il recevait une lettre de sa fille :

« Mon cher papa, j'espère que vous allez bien. Moi, je me porte de mieux en mieux. Le médecin dit que je serai guérie au printemps. Serez-vous de retour pour mon anniversaire ? »

Chapitre 6

Enfin, surmontant sa peur de croiser son jardinier, Jason revint chez lui et, une fois dans son bureau, envoya son domestique prévenir miss Beatrix de son retour.

Elle se jeta dans ses bras en s'écriant :

– Mon cher papa, comme c'est gentil d'être là pour mes dix ans !

Puis elle se recula et ajouta timidement :

– Il y a un visiteur derrière la porte qui aimerait bien vous voir…

En entendant ces mots, Jason fut pris d'un tremblement. Était-ce le diable qui revenait pour être remercié de sa bonne idée ? Mais non ! C'était le vieux MacNeil avec un sourire d'une oreille jusqu'à l'autre.

– Monsieur Anderson, dit-il, le gars Fergus… il est sauvé ! On a le crâne solide chez les MacNeil.

– Ce n'était donc qu'un mauvais rêve, marmonna Jason.

– Oui, un mauvais rêve, répéta le vieil homme sans bien comprendre. Mais votre fille est une bonne petite.

Jason apprit alors que Beatrix, mise au courant de l'accident par le jardinier, avait fait porter Fergus, blessé, sur un brancard tout en haut de la maison de briques et qu'elle l'avait fait soigner par son propre médecin.

Jason était si stupéfait qu'il restait sans réaction, et Beatrix s'en inquiéta :

– Vous n'êtes pas fâché contre moi, mon cher papa ?

Épilogue

Le temps depuis s'est écoulé. Jason Anderson a oublié cette année 1854 où le malheur lui avait fait le cœur mauvais.

Ce matin de l'an 1864, un jeune homme sonne à toute volée à la porte d'entrée d'une maison de briques. Ce jeune homme est roux avec des yeux clairs. La seule différence avec le gars d'autrefois, c'est qu'il a les joues propres.

– Te voilà, Fergus ! s'exclame Jason en l'accueillant. Entre et patiente au bas des marches. Ferme les yeux comme elle l'a demandé. Je compte jusqu'à 10.

Fergus ferme les yeux. Attention, 1,2… On entend un trottinement dans l'escalier, un froissement de tulle et de soie. 5,6…

– Fergus, tu triches, plaisante Jason. Neuf un quart, elle arrive, neuf et demi…

– Et 10 ! s'écrie Beatrix en tapant des mains sous le nez de Fergus.

Le jeune homme rouvre les yeux. Beatrix est devant lui. Comme elle est jolie dans sa robe de mariée ! La seule différence avec la Beatrix d'autrefois, c'est qu'elle a les joues roses.

Le vieux MacNeil n'est plus de ce monde pour se réjouir de ce spectacle. Alors c'est Jason qui s'écrie à sa place :

– Fergus, mon gars, embrasse-la ! Tu n'auras jamais de meilleure idée que celle-là.

FIN

Marie-Aude Murail est l'une des plus grandes auteures jeunesse, mondialement connue. Elle vit actuellement dans le Loiret. Après des études de lettres à la Sorbonne couronnées par un doctorat, elle a publié une centaine de livres, traduits en vingt-deux langues, et ayant reçu de très nombreux prix et distinctions. Officier de la Légion d'honneur pour avoir « œuvré au rayonnement culturel de la France », elle accompagne, depuis trente ans, des millions de lecteurs, jeunes et adultes.

Bibliographie sélective, publiée à *l'école des loisirs*, sauf mention d'un autre éditeur :

- *Les Mésaventures d'Émilien* (7 volumes)
- *Nils Hazard, chasseur d'énigmes* (7 volumes)
- *Sauveur & Fils* (4 saisons)

Les romans « fantastiques » :

- *Ma vie a changé*
- *Amour, vampire et loup-garou*
- *Tom Lorient*
- *Golem* (écrit avec Elvire et Lorris Murail, Pocket Jeunesse)
- *L'Expérienceur* (écrit avec Lorris Murail)

Les romans « historiques » :

- *Jésus, comme un roman…* (Bayard)
- *D'amour et de sang* (Bayard)
- *Charles Dickens*
- *Miss Charity*, illustré par Philippe Dumas
- *Malo de Lange*

Les romans « de société » :

- *Oh, boy !* (porté à la scène et à l'écran)
- *Simple*
- *Maïté Coiffure*
- *La Fille du docteur Baudoin*
- *Papa et maman sont dans un bateau*
- *Le Tueur à la cravate*
- *3 000 façons de dire je t'aime*

Pour les plus jeunes :

- *Mystère*, illustré par Serge Bloch (Gallimard)
- *Le Hollandais sans peine*, illustré par Michel Gay
- *Le Chien des Mers*, illustré par Yvan Pommaux
- *22 !*, illustré par Yvan Pommaux
- *La Bande à Tristan*
- *La maîtresse donne trop de devoirs*, illustré par Caroline Ayrault (Albin Michel Jeunesse)
- *L'Espionne*, illustré par Frédéric Joos (série, Bayard éditions)

Pour les plus grands :

- *En nous beaucoup d'hommes respirent* (L'Iconoclaste)

Autres informations biographiques et bibliographiques :
www.marieaudemurail.com
et *https://fr.wikipedia.org/wiki/Marie-Aude_Murail*

Christel Espié est née à Aix-en-Provence en 1975 et vit aujourd'hui à Avignon. Diplômée de l'école Émile Cohl, elle est reconnue pour sa mise en images de l'univers de Jørn Riel, chez Sarbacane, puis son talent est confirmé par sa vision de l'Angleterre victorienne dans des rééditions illustrées de grands classiques de la littérature qu'elle affectionne. Pratiquant la peinture acrylique, elle peut aussi changer radicalement de technique (noir et blanc, encre, plume) et de registre pour dessiner sur le vif. Aujourd'hui, elle revient à l'acrylique et excelle à mêler réalisme et fantaisie.

Bibliographie sélective d'albums illustrés :

- *Le Fantôme de l'opéra*, de Gaston Leroux (Hachette Gautier-Languereau)
- *La Merveilleuse Histoire de la nativité*, avec Laetitia Tremolet de Villers (Fleurus Mame)
- *Blanche-Neige*, d'après les frères Grimm (Éditions Woongjin, Rép. de Corée)
- *Les Trois Mousquetaires* (Les ferrets de la Reine), d'Alexandre Dumas (Sarbacane)
- *Histoires de l'enfance des saints*, avec Cyril Lepeigneux (Fleurus Mame)
- *Le Diadème de Béryls*, (in Les enquêtes de Sherlock Holmes), d'Arthur Conan Doyle (Sarbacane)
- *Tom Sawyer détective* (Sarbacane)
- *Le Ruban moucheté*, (in Les enquêtes de Sherlock Holmes), d'Arthur Conan Doyle (Sarbacane)
- *L'Esclave au grain de beauté*, avec Sylvie Baussier (Casterman)
- *Le Garçon qui voulait devenir un être humain*, de Jørn Riel (3 tomes) (Sarbacane)
- *Magellan autour du monde*, avec Hugues Barthe (Casterman),
- *Le Dico des pirates et des corsaires* (La Martinière)